LES BAMBOCHES

DE

NICOLAS.

~~~~~~

LES

BAMBOCHES DE NICOLAS,

pot-pourri grivois.

Stupete, gentes!.....

AUX ZAMIS.

Air : Voulez-vous savoir l'histoire.

Voulez-vous savoir l'histoire
   De Napoléon?
C'est bâclé d'après sa gloire,
   Et ça n' s'ra pas long.
De c't héros d' nouvell' fabrique,
   En m' disant l' soutien,
Je m' déclar' fin politique
   Ou politiqu' fin.

Air du pas redoublé.

Messieurs, mesdames, n' croyez pas
  Qu'à rimer je m'applique ;
De tous nos faiseurs d'embarras
  J'ignore la tactique :
Pour fair' des couplets à foison
  Faut-i' s' donner au diable ?
Et pour si peu parler raison
  Ça s'rait-i' raisonnable ?

Air : Ton humeur est, Catherine.

C'est sur un' terre étrangère
Qu'i' vint au mond' gros et gras :
Pour d' bonn' raisons sa chèr' mère
Le fit nommer Nicolas ;
Mais l' malin , qui dans la suite
Avait cert's plus d'un' raison ,
Pour éviter tout' poursuite
S' fit zapp'ler Napoléon.

Air : J'ons un curé patriote.

Vous parl'rai-je d' sa jeunesse,
Dont on glosa plus d'un' fois ?
Dirai-j' qu' ses gardiens sans cesse
Par lui sont mis aux abois ?
Vous dirai-je qu'en ballon
L' caporal Napoléon

Veut s'enl'ver,
S'envoler,
Ben convaincu qu' pour s'él'ver
I' faut voler? (*bis.*)

Air : Or écoutez, petits et grands.

Ayant un soutien dans Barras,
Qu'était un faiseur d'embarras,
On l' fit monter de grade en grade,
Passant su' l' dos d' chaqu' camarade,
Si ben que l' petit caporal
En un rien devint général.

Air : Le premier pas.

Ce premier pas
Contente son attente ;
Mais n' croyez pas
Qu'au s'cond il s'arrèt'ra ;
D' pouvoir monter est tout ce qui le tente,
Et s'il se trouve une place vacante
I' s'y mettra. (*bis.*)

Air : Rêvant à mes amours.

On l' nomm' premier consul ;
C't emploi n'est pas nul ;
I' fait tout' la besogne.
On lui donn' pour commis

Deux bons gros réjouis,
 Dign’ d’êtr’ ses amis :
Mais n’ croyez pas qu’ ça s’ra
 C’ qui l’ récompens’ra
D’ tout’ la peine qu’i’ s’ donne ;
 L’ fanfan za vu d’un œil
 Un certain fauteuil
 Qui flatt’ son orgueuil.

Air : V’là c’ que c’est qu’ d’aller au bois.

N’ voila-t’-i’ pas qu’ pour not’ malheur
On vient à nous parler d’emp’reur !
Qu’est-c’ qui l’ s’ra ? s’ dit-on à la ronde.
 On cherch’ dans tout l’ monde,
 Un’ cervell’ profonde,
Un bon vivant qui n’ait pas peur
D’accepter le titre d’emp’reur.

Air : Or écoutez, petits et grands.

L’occasion fait le larron,
Et Bonapart’, qu’est un luron,
Profitant d’ celle qui s’ présente,
Voyant qu’ chacun est dans l’attente,
Et que personn’ ne s’ présentait,
A demandé si d’ lui zon voulait.

Air : Gaîment je m'accommode.

La France est sans couronne;
    J' suis là :
P'isqu' gn'ya personn' sus l' trône,
    J' suis là :
Faut queuqu' zun qui gouverne;
    J' suis là;
Et je n' veux pas qu'on m' berne;
    J' suis là.

Air : C'est un enfant.

G'ya ni emp'reur, ni roi, ni prince;
Il en faut zun; hé ben, me v'là :
Vous voyez ben que j' suis bon prince;
J' vous l' prouve assez par c'tt' action-là.
    I' faut sans réplique
    Qu'un chacun s'applique
A s' décider sans barguiner;
    I' faut m' nommer. (*bis.*)

Air de la Chasse du Roi et le Fermier.

    C'est dit;
    V'là qu'on écrit,
Et qu' dans les provinc's d'alentour
    Ça court.
Dans chaqu' département
Ya zun entrepôt pour les consent'mens,

Où chaqu' sujet gaîment
Vient (par pur respect pour ses appointemens)
Dir' : J' viens signer pour lui
Oui ;
Et je n' sign' pas *non,*
Pour raison.

AIR : Je n' saurais danser.

DE son couronn'ment
L' détail n'est pas nécessaire ;
Chacun sait sûr'ment
C' que l'histoir' nous en apprend :
A c' fameux gala
On bouffa comme on n' voit guère.
Les faubourains sont là,
Qui peuv'nt nous répondre d' ça.

AIR : Il était une fille.

IL avait pour épouse
Une tendre moitié,
Dont l' sort était digne d' pitié :
On dit qu'all' fut jalouse ;
Alle avait d' quoi vraiment
Avec ce garnement.

AIR : Lise épouse l' beau Gernance.

JOSÉPHINE est douce et bonne,
N' fait jamais d' mal à personne ;

All' soulage l'indigent,
All' protège l'innocent ;
Du bien au mal, sans murmure,
All' sait la distanc' qu'y a ;
Mais son époux, j' vous assure,
N' connaît pas c'tte distanc'-là. (*bis.*)

AIR : C' qui m'amuse dans un pesctaque.

D' sa part on cherch' la misère ;
   All' la soulag'ra ;
Et les enfans et la mère
   All' les habill'ra.
Sa bonté montre un' belle âme ;
   Raison sur raison
Pour n' pas rester long-temps femme
   De Napoléon.

AIR : Ton cœur qui paraît aguerri.

Un divorce au peuple annoncé
Prouv' clair'ment qu'il la répudie.
Le Saint-Pèr' n'a pas prononcé
Sur un acte aussi déhonté,
Qui n'est bon qu' dans un' comédie.
Queuqu's-uns voudraient ben rudoyer
Napoléon, que rien n'étonne,
Qui d'un décret fait envoyer
En prison (*bis*) l' premier qui raisonne. (*bis.*)

Air : Dans vos yeux certain feu qui brille.

Faudra, dit-on, qu'il se r'marie,
Afin d'avoir un successeur :
C'est un' princess' de c'tte Russie
Qui s'ra la femme d' not' emp'reur.
Lui, qui d'effront'rie n'est pas chiche,
Envoie à Vienne faire d'mander
Un' des fill's de l'emp'reur d'Autriche,
Qu' la prudence engag' d'accorder. (*bis.*)

Air : Nous nous marierons dimanche.

Les accords sont faits ;
On calcul' les frais
Qu'il faudra pour son voyage.
Tout ben calculé,
Tout ben stipulé,
On met zau coch' son bagage.
D' son vieux corset
On racc'mmod' les
Deux manches ;
Pour parer ça
On lui met sa
Ch'mis' blanche ;
Et puis on lui dit :
J'arriv'rons sam'di,
Et j' vous marierons dimanche.

Air : Du haut en bas.

Le v'là marié !...
C'est zun bonheur pour notre France
　　Qu'i s' soit marié,
Dit l' peuple ébahi, estasié ;
De c' moment-ci l' bonheur commence:
L's enn'mis sont réduits au silence ;
　　Il est marié !

Air : Vous m'entendez bien.

V'LA qu'au bout d'un an de c'tt' union
Naquit un fameux rejeton ;
　　Et vous avez su comme,
　　　　Hé bien?
　　Il fut nommé *roi d' Rome;*
　　Vous m'entendez bien.

Air : Edouard me rend plus savante.

Son pèr', continuant la guerre,
Et suivant d' mauvais plans,
Fut battu sur la frontière
Du pays des Roxolans (1).
On vit c' soi-disant grand homme
De c' coup-là d'venir si p'tit,
Que, s' déguisant, l'on sait comme, }
I' s' sauva jusqu'à Paris. 　　　　} *(bis.)*

---

(1) Ancien nom des peuples moscovites.

Air : Tenez, moi je suis un bon homme.

Jusqu'aux murs de la capitale
L's alliés l' poursuivant en amis,
I' dit : J' vois ben qu' c'est un' cabale,
Et qu' dans mes amis j'ai d's enn'mis. (*bis.*)
Tôt ou tard faudra qu' ça s'esplique...
Français, encor j' vous veux du bien...
Pour vous l' prouver c'est qu' v'là qu' j'abdique :
Qui rira l' dernier rira bien...

Air : Ya d' l'oignon.

On l' conduit dans une île,
Où qu' tout en arrivant,
Avec son air tranquille,
I' s' promène en rêvant
     Not' tourment :
Pour lui c' n'est pas difficile
     Certain'ment.

Air : Tu recevras plus d'un hommage.

Dix mois après, par un' cabale
Qu' son esprit infernal conduit,
De son île d'Elbe il détale,
Et r'vient à Paris à grand bruit.   (*bis.*)
L' soleil, qui pour notre avantage
Depuis queuqu' temps v'nait de s'montrer,
Est éclipsé par un orage
Que l' souffl' de c' démon fait él'ver. } (*bis.*)

Air : Traitant l'Amour sans pitié.

A peine est-il arrivé
Qu'il fait chercher la couronne :
Ah! dit-il, j' vous la gard' bonne ;
Car quand c' bijou s'ra r'trouvé
J' vas m' le r'fair' mett' sur la tête.
Sire , certain'ment vous êtes
Ben complaisant , ben honnête ;
Mais vos droits sont antichés.
Les amis d' la médisance
Dis'nt que pendant vot' absence
Les oiseaux fur'nt dénichés. (ter.)

Air : Quel désespoir !

QUEL désespoir
Si la couronne est enlevée !
Quel désespoir !
Qu'est-c' qu'a pu m' jouer un tour si noir ?
Sus c'tte belle équipée
Faut que j' voie clair ce soir.
Quel désespoir !

Air : Bonjour, mon ami Vincent.

FAUT envoyer sus l' moment
Un sergent, un commissaire ,
Qui, pour meilleur renseign'ment ,
S'informe au net de c'tt' affaire.

Les envoyés r'vienn'nt et dis'nt : Rien d' nouveau
Sinon qu' les bijoux, sinon qu' les joyaux,
Sinon qu' les diamans, sinon qu' la couronne,
　　Ainsi que l' régent,
　　　Sont, par cas urgent,
　　　　Si ben cachés,
　　　　Si ben nichés,
Qu' malgré tout's nos r'cherches j' n'ons rien d'nich

　　　Air de la petite poste de Paris.

Mais j'ons trouvé c' billet ; j' l'ons pris ;
C'est d' la p'tit' poste de Paris.
Informez-nous de c' qu'on vous dit :
J' somm's ignorans ; qu'est-c' qui l'écrit ?
Oui, d' son cont'nu vous s'rez instruit.
Il ouvr' la lettre, et lit c' qui suit :

　　　Air : Ton humeur est, Catherine.

« De la liberté qu' j'ons prise
« J' vous prions d' nous escuser ;
« J'ons craint que c'tte friandise
« Dans vos mains n' vienn'nt à s'user.
« Not' manièr' d'agir vous prouve
« Un' justic' qui fut d' tout temps :
« On prend son bien où c' qu'on l' trouve ;
« J' vous le r'prouv'rons dans queuqu' temps.

Air : Il était une fille.

Voyant qu'on lui conteste
Des droits si mal acquis ,
I' dit : Je m' veng'rai ben d' Paris ;
Mes amis , j' vous proteste
Qu'un moment zarriv'ra
Où c' qu'on s'en r'pentira

Air : Partant pour la Syrie.

I' faut qu' ma politique
Fasse au peuple embêté
Parler d' la *république*
Et de la *liberté ;*
I' s'ra de c'tte manière
Entre figu's et raisins :
J' veux qu' tous les homm's soient frères,
Mais qu'i' n' soient pas cousins.

Air : Toc, toc, ouvrez s'il vous plaît.

Vite, vite, un *Champ de Mai*,
    Où la France abusée,
En me nommant pour jamais,
    Par moi soit gouvernée !
        Je peux,
        Je veux
Compter sur le *Champ de Mai.*

AIR : Dites-moi comment on appelle.

Mais v'là que d' mai l' trente-un s'avance ;
J' dis : V'là bentôt la fin du mois,
Et d' l'assemblée j' perds l'espérance.
On m' dit qu' c'était r'mis à l'aut' mois.
Vous qui dit's nouvell' sus nouvelle,
Et fait's toujours queuqu' cont' malin,
Dites-moi comment on appelle
Un *Champ de Mai* quand i' s' tient en Juin } *bis.*

AIR : Toc, toc, ouvrez s'il vous plaît.

On convoque au *Champ de Mai*
Cette utile assemblée ;
Et les grenadiers français,
Vous la mèn'nt d'emblée.
Oh mais ! (*bis.*)
Oh ! le drôle d' *Champ de Mai !*

AIR : Je n' saurais danser.

Chaqu' représentant,
Craignant à part pour sa tête,
Veut que l' président
S' déclar' l'unique opinant.
Vous m' confusionnez,
Dit-il en secouant la tête ;
Sans saigner du nez
Je n' sais sus queu pied danser.

Air : Allons, enfans de la patrie.

L' président, prenant la parole,
Dit : Sir', vous êt's not' empereur.
A l'instant du perron d' l'Ecole
Il harangue tous ses sabreurs. (*bis.*)
Allons, m's amis, mes camarades,
Sur vous sachez que j' compte encor;
De tous ces barbares du Nord
Faisons une capilotade :
   Aux armes, grenadiers,
   Cavaliers , fusiliers !
     Marchez, courez ,
     Et ne r'venez
  Qu'avec d' nouveaux lauriers.

Air : Ah! le bel oiseau , maman.

L's alliés, las d' se voir tromper,
Las d' se voir ainsi combattre,
Dis'nt : I' faut nous attrouper
Faut l'abatt' sans rien rabattre;
Formons un' coalition ,
Et sur un mettons-nous quatre;
Tâchons qu' dans not' réunion
I' n' survienn' pas d' désunion.

Air : Ya d' l'oignon.

On lui dit que l' beau-père
Contr' lui voulait r'chigner.
Ah ! dit-il en colère,
Quand j' pourrai l'empoigner
        Je l' box'rai,   (bis.)
D' la bonn' manière
        Je l' box'rai.

Air : Je n' saurais danser.

Chacun sait pourquoi
On a vu r'venir si vite
    C'tt' armée aux abois,
Dont sus trente i' r'venaient trois ;
    Chacun sait pourquoi
L' commandant la quitt' si vite ;
    On sait qu'encor un' fois
Il a dit j' m'en lav' les doigts.

Air : Pour la baronne.

En permanence
Les deux chambres vont présider
Pour rédiger sa déchéance,
Et tâcher de s' raccommoder
    Avec la France.

Air : **Je n' saurais danser.**

Nous n'aurions pas tort ,
S' disaient les pairs à la ronde ;
Nous n'aurions pas tort
D' lui envoyer son pass'port :
D' son départ vraiment
Qu' les gazett's prévienn'nt tout l' monde,
Et que promptement
On fass' son embarquement.

Air : **Bon voyage, cher Dumolet.**

Bon voyage, cher Nicolas ;
A Sainte-Hélène arrivez sans naufrage :
Bon voyage, cher Nicolas ;
Et d'en r'venir ne vous avisez pas.
Si vous trouvez queuqu' vaisseau d' ligne en route,
Qui vous chamaille un p'tit brin en passant,
Tâchez c'tte fois d'éviter la déroute ,
Et dites ben que vous n'êt's qu'un passant.
Bon voyage , etc.

Air : **Accompagné de plusieurs autres.**

Si j' vous disais qu' pendant quinze ans ,
Qu' régna ce modèl' des tyrans,
Qu' Satan choisit parmi les autres ,
Il trompa tous ses ennemis,
Et ses alliés et ses amis,
Accompagnés de plusieurs autres.

Même air.

Quand i' disait faisons la paix,
C'était l' contrair' de c' qu'i' pensait.
Mais quels chagrins seraient les vôtres,
Si j' vous disais l' mal qu'il a fait,
Et nos tourmens et ses forfaits,
Accompagnés de plusieurs autres !

Air : Gn'ya que Paris.

Chaqu' fois que c' fameux empereur
A vu son armée en déroute,
Chaqu' fois que c' malin déserteur
S'est esbigné sans feuill' de route,
Il a dit : Pour m' sauver d's enn'mis,
    Gn'ya que Paris.   (4 *fois*.)

Même air.

De Leipsick ainsi que d' Moscou,
Puis de Dresde, puis de Bruxelle,
Et puis encor je ne sais d'où
L' camarade enfil' la venelle
En disant : Pour trouver d's abris
    Gn'ya que Paris.   (4 *fois*.)

Air : Voulez-vous savoir l'histoire.

Vous voyez , messieurs , mesdames,
   Qu' l'ambition n' vaut rien ;
All' perd les homm's et les femmes ;
   C'tt' histoire l' prouv' bien.
Puisqu'on l'a dit , je l' répète,
   L' proverbe est connu ,
I' n' faut jamais que l'on *pète*
   Pus haut que le *cu*.

www.ingramcontent.com/pod-product-compliance
Lightning Source LLC
Chambersburg PA
CBHW061513170626
46811CB00004B/1720